나도 눈웃음을 친다고요

책 만 드 는 집
시인선 219

나도 눈웃음을 친다고요

양
상
보

시
집

책만드는집

우물을 얻으려면 땅을 깊이 파야지요

이제야,
내 시구詩句에
바닥이 차오르네요

두레박
닿을 때까지
줄을 내려 보렵니다

2023년 여름
서귀포 삼매봉 아래, 양상보

| 차례 |

2부 슬쩍 건넨 명함 한 장

3부 　 희망가만 도돌이표

4부   귀향도 귀양인 듯

5부   느닷없는 길

1부

살아서 돌아오라

개밥바라기

그때 너는 별이었다, 봄 졸음에 떨어진 별

〈5.16도로〉 버스 창가 가만히 어깨에 닿던

지금도
수평선 너머
한 번씩 떠오르는

단골 가게

시장통 골목 끝 집 담벼락에 써 내려간
노부부 '옷 수선집' 사십 년 내력이다
볼모로 잡혀있다는 왕대나무 눈금자

꽃 따라 벌통 가듯 다닥다닥 쌓인 실밥
직선으로 곡선으로 차선을 그어대듯
무엇을 또 깁고 있나 노루발 지나간다

스무 살 해방촌

그 동네 오거리길 더운 피가 돌고 있네
사선을 건너느라 억척이 된 마음들이
남산 밑 비탈길 따라 다닥다닥 모여든 곳

고향을 떠났으니 해방을 맞은 거야
청운의 뜻을 품은 단칸방 서울살이
삼십 촉 알전구 줄이 갈之자로 흔들렸네

불현듯 다시 찾은 오래된 동네 골목
어머니 그날 눈빛 붙박이로 남아있네
"막냉아! 느 살 고망은 잇저"* 목소리도 쟁쟁하고

* "막내야! 너 살아갈 곳은 있다"의 제주어.

귀향

이 땅,
인연들을 결국은 놓지 못해

연어가
회귀하듯 그렇게 떠밀려 온

소금막
순이삼촌이 눈을 감고 돌아왔다

살아서
돌아오라 부표 하나 던지듯이

세상은
망망대해 그 바다를 붙잡은 몸

지아비

애비 자리로 살아오진 못했다

소한 추위
바쁜 손길 성산포 광치기* 해변

수의도
보공도 없이 닫혀버린 뚜껑 위로

만장은
언감생심이지, 상여꾼에 끌려갔다

* 관치기. 바다에서 떠밀려 온 시체를 수습하던 곳.

한가위 목도장

아이들이 다녀가자 휑해지는 팔월 명절
생길이오름 끄트머리 보름달이 떠오른다
아버지 허리춤에서 목도장 꺼내듯이

육 남매 키우느라 소 팔고 밭도 팔 때
입술 굳게 닫고 힘주어 찍던 그것,
도장밥 묻어난 손바닥 망연히 훑으셨다

빛바랜 붉은 자국 서랍 속 내 아버지
가을 하늘 다스리는 무언의 유품인가
아직도 철 안 든 막둥이 지긋이 지켜본다

송정을 헤적이다

죽도산 자락에서
장수처럼 버텨내다

색색의 말씀들을
온몸에 휘감고서

훈련병 총탄을 맞아
노송이 죽기까지

가래포 천변에 선
노랑발 쇠백로 떼

갈대숲에 묻힌 사건
그날을 증언하듯

아직도, 불빛 아래서
고개를 주억댄다

미끈망둥어

천년의 호수*에서 대를 이어 살아왔다

허벅도 항아리도 신라 적 꿈마저도

파사삭
깨어져 버린
그래도 지금 여기

칠흑 같은 어둠이라 두 눈이 필요 없다

동굴에 갇힌 채로 난바다 헤엄치듯

쓰라린
생의 마디를
무수히도 넘어왔지

목숨 건 일이라도 다 이룰 순 없는 거지

아무리 몸부림쳐도 마냥, 그 자리인걸

눈 떠도
볼 수 없던 널
눈 감으니 환하다

* 제주 용천동굴 내 호수.

별별 이야기

유독, 큰 별이 뜨면 길마중 가야 한다

세상 짐 짊어지다 느닷없이 떠난 사람

가슴을 후려치듯이 별이 되어 뜬다는데

그 여름 태풍처럼 들이닥친 마이삭바위*

부산 어느 여염집 어부였을 그 사내가

한밤중 문 두드리듯 집 앞에 떨어졌다

* 2020년 9월, 태풍 '마이삭' 때 부산 민락수변공원에 밀려온 33개의
바위 중 하나.

그리운 일기예보

어린 날 아버지는 기상청 일기예보관
아침이면 한라산을 획 한번 둘러보시고
"우산을 챙겨야겠다"
틀림없던 그 한마디

태풍에 날린 참깨 탈탈, 털린 허한 마음
뼈마디 쑤신다고 잔기침하실 때면
옳거니, 밤이 새도록
빗소리가 신음했다

이순에 들러붙은 따라지 꼬리표 달고
세상이나 둘러멘 듯 낮바닥 싯멀게진
아직도 치레뿐인 내게
무슨 말씀 해주실까

졸업앨범

빡빡머리 단발머리 어제인 듯 떠오른다 월라봉에
진을 치고 고향을 놓지 못한 우리들 오십 년 시간 지
난밤 꿈만 같네

희끗한 나날들이 오롯하게 남아있어

경신아 경혜야 경호야 명세야 문봉아 성익아 숙희
야 영삼아 정순아 창무야 창성아 행윤아 권철아 대
훈아 명호야 성진아 시육아 찬권아 창완아 병우야
소영아 정숙아 대석아 명화야 성범아 순애야 여순아
윤자야 은형아 재희야 정자야 진용아 찬길아 창규야
창홍아 희자야 영희야 애순아 상학아 성민아 재일아
공남아 동규야 동석아 동욱아 순보야 애자야 영일아
정식아 태수야 호경아 경준아 광흡아 수영아 승식아
승철아 영선아 인옥아 정수야 영우야 광직아 성림아
윤희야 순자야 의관아 의종아 철환아 덕심아 정희야

복성아 의성아 종순아 경희야 규철아 대봉아 석곤아
영자야 용남아 원준아 월선아 유근아 인수야 진선아

　봄꿩이 해마다 울듯 그리움을 덧칠한다

귤향 비누

너를 들여앉히느라
번져간
멍 자국들

울먹이던 그날들을
말끔히
지워본다

흐려진 황사의 시간
거품으로
피어난다

빨주노초파남보

젊어서는 무색옷이 제격이다 싶었지요
은근히 멋도 있고 세련미도 풍겼기에

돋보기 사러 가는 길
딱, 마주친 옷가게

이리저리 둘러보고 무심히 나가는데
연세가 드셨으니 꽃무늬가 괜찮다네?

한 뭉치 물 젖은 솜을
정수리에 얹더군요

무지개 셔츠 들고 "어르신 이거는요"
말끝마다 마음 복판 압핀을 꽂는 오후

내 나이 누가 물으면
일곱 색깔 답해야지

심봤다!

처서 무렵 들썩대며
망태기 둘러메고

나침반 방위 따라
동부 능선 내달았다

산 하나 파 내려가듯
홀로 지킨 시조 삼 장

2부

슬쩍 건넨 명함 한 장

담뱃대더부살이*

산굼부리
억새 품에
뉘도 몰래 안겨들어

오직
꽃으로만
사는 법을 익혔으니

보란 듯
가을볕 아래
긴 목이나 빼물고,

* 백모화.

불, 쉬다

달이 끌고 있나
파도가 끌고 있나

제주섬 동쪽 끝에 사람들 마음까지

잡았다 놓았다 하며
거느리는 월정포구

강냉이 씨앗처럼
촘촘히 박힌 돌담

어느 어진 손들이 저렇게 쌓았을까

가다가 되돌아와서
다독이는 거친 손들

그래, 돌담 하나
제자리 찾는 일도

손안에서 아홉 번 고쳐봐야 맞는다지

이 세상 거처가 없이
잠시 불이 쉬는 포구

이승이오름

화급히 가시길래 멀리 간 줄 알았는데
기껏 오름 자락 봉분으로 나앉았다
이승 뜬 내 아버지도 연애하듯 여길 올까

술이며 과일조차 가져오질 못하고
서울 아들놈도 데려오질 못했지만
한가위 명절날에야 까마귀처럼 찾는 무덤

어머니 나를 낳고 쑥부쟁이도 낳으셨나
서울로 제주시로 우린 다 흩어져도
해마다 꽃으로 오신다, 연보랏빛 그 얼굴로

노랑부리저어새

황지못 물줄기가
골 따라 달려와서

세상 끝에 놓인 섬이
새들을 닮아있다

을숙도 이름을 벗 삼아
부리 씻는 다저녁

겨울날 별뉘처럼
쏟아지는 물비늘 세례

탱고 스텝 밟는 듯이
무대를 떠다닌다

갈대숲 에두른 자리
배우 같은 저 자태

꽃패 문상

얼굴 한번 본 적 없는 영정에 절을 한 뒤
상주 술에 벗 사귀며 삼삼오오 둘러앉아
고인이 좋아했다는 꽃패를 깔아본다

달무리 깊은 밤에 오고 가는 한 잔 술에
상가의 섰다판은 장땡이 최고 끗발
내 인생 단풍잎 두 장, 그런 날이 한번 올까

두럭산*

아무렴, 제주섬엔 바다에도 산이 있지
오름과 오름 사이 사연 따라 맨 끝자락
꺼병이 울음소리를 놓쳐버린 한 사내

넘놀듯 숨비소리 망태기 매달고서
떼떼이 떠다니며 그렇게 살아왔지
여태껏, 뭉크러진 채 주저앉은 모습으로,

한라산 구구계곡 돌아 나온 영등바람
파랑 속 등성이가 산이라 우기는 날
김녕리 소소리바람 파도치듯 달려온다

* 제주 김녕리 앞바다에 있는 암초.

색깔론

진황은 예래포구 춘지는 사계포구
서로가 태어난 곳 유언이듯 세운 등대
시오리 바닷길 건너 펠롱펠롱 화답한다

재팬 드림 칠십 년, 목숨 건 밀항 끝에
오사카 어느 공장 귀 적시는 제주 사투리
그 말에 핏줄이 당겨 가시버시 맺은 걸까

죽어도 간절한 땅 고향에 와 또 만났네
사랑도 저쯤 돼야 이름을 거는 거지
낮엔들 너를 모를까, 붉고 흰 저 고백을

그것참,

농부의 한여름은
우주복에 갇히는 일

삼천 평 감귤밭에
농약을 치는 날은

줄 하나 손에 붙들고
별을 헤듯 유영한다

죽어라 벌레들아
감염병에 방독면아

농약대를 들이대며
그 이름도 불러본다

도무지, 도모지구나
심호흡이 그립다

친구의 손거울

사랑도 그런 거리 우연 같은 우연인 거리
하늘도 서울 가는 길 어느 항공 여승무원
사소한 인연이었지, 슬쩍 건넨 명함 한 장

씨실 날실 엮어냈던 아내 무늬 삼십 년을
돈내코 언덕 위에 애절히 묻어 놓고
밤이면 궤나를 불듯 병나발을 불었다지

한세상 정표인가 남겨둔 저 손거울
꺼내어 볼 때마다 얼비치는 얼굴 있어
눈시울 젖어 드는 밤, 바람도 울고 간다는

겨울 별자리

무병장수 기원하며 산 자를 인도한다는

우리 동네 남성마을 수호신을 아시는가

서귀포 삼매봉 자락 코앞에 나타났다

남반구 밤하늘을 수놓는 남극노인성

카노푸스, 네 이름을 나직이 불러내면

신화 속 트로이전쟁, 수평선에 번진다

동네 어귀 동백꽃도 필 때가 따로 있듯

세상사 모든 일이 저절로 되진 않지

오늘을 살아내는 일 그대의 기도였나

구명수鳩鳴水*

산방산 서녘 자락 비둘기가 산다길래
간밤, 어둠을 털고 유영하듯 다가가니
한 세월
더께만 같은
곡소리 구슬프다

바닥에서 펑펑 솟는 물줄기 우는 소리
목울대 풀어놓고 한참을 구구~댄다
눈물로
씻은 봄 햇살
찰랑이며 오는 아침

* 제주 산방산 온천.

42

침묵

세상은 언제까지 묵언 수행 하려는가

오늘의 올레길은 탁발승 따라가는 길

수월봉 파도 소리도 절을 향해 가듯이

누구를 따라왔나 또 누가 따라오나

한 굽이 돌 때마다 창궐하는 바이러스

네 이름 그냥 삼키듯 마스크로 닫은 말문

옥두어 玉頭魚

때깔도
이만하고 등짝도 닮았다고

살점을
발라내도 끝까지 우겨댄다

자꾸만
옥돔이라며 남의 이름 빌려 쓰는,

접시에
드러누워 온몸으로 버팅기며

촌놈이라
날 깔보며 맵시 자랑 꼴이라니

가짜가
판치는 세상, 눈이나 흘겨줄까

3부

희망가만 도돌이표

오메기를 아십니까

한라산 합곡혈合谷穴에 침을 꽂듯 파 내려가
움트는 어린것들 곧추듯 달래어서
굼깊은 빌레왓*에서 버텨낸 식솔의 입

겉도 속도 때깔도 없이 오로지 맨밥 같은
무쇠솥 팔팔 끓듯 검부잿빛 둥둥 뜰 때
우리들 배를 채우던 그 시절 할머니 떡

이름자만 앞세웠네, 서귀포 올레시장
좌판마다 가짜들이 주인행세 한창이다
말재기 떡고물 덩이 마뜩잖아 눈 돌린다

* '자갈밭'의 제주어.

달리트 dalit*

아버지의 아버지가 감나무집 머슴이면
세세손손 상속되는 시간의 질긴 굴레
아직도
역할극 같은
세상살이 돌고 돈다

오두막도 묏자리도 계단 따라 맨 끝자락
저세상 가는 길에 울담마저 없었다
화장化粧을
모르고 산 여자
화장火葬조차 더디다

* 불가촉천민.

48

석장錫杖*이 피어

한라산 병참도로 착암기 구멍 틈에
찰나와 영겁 사이 이름을 올려놓고
여름볕 뻗장대듯이 꽃이라 버텼겠지

모지리 무지랭이 유산을 지켜내듯
코흘리개 어린 시절 오롯이 간직한 채
꼿꼿한 너의 자세를 엎드려 읽어냈지

꽃인 듯 꽃 아닌 듯 그렇게 다가와도
꽃이라 오직 믿고 마음을 푼 게지
흘기는 바람결마다 화음으로 화답했지

이승을 짚어가며 바랑 지고 걷는 오름
섬 가운데 고립되어 고비마다 뒤뚱대다
달그락 쇳소리 내며 야멸차게 살아냈지

* 버어먼草. 스님들의 지팡이.

밤낚시 중인가요

입질이 오나 보다
외입질을 하나 보다
방파제 끝 홀로 앉아 낚싯대 잡은 사내
팽팽한 형광 찌 불빛, 수평선이 들썩인다

흔들리는 초릿대가
받쳐 든 이 열대야
뱅에돔을 잡아채는 손맛을 아는데도
허공을 가르며 치솟는 내 허기는 왜일까

간만의 흥분 속에
토해내지 못한 꿈이
가운데 우뚝 서서 침몰을 기다린다
구겨진 홑이불 위로 남겨놓은 몽정 같은,

설해목雪害木이 걸어온다

산길을 걷다 보면 가끔씩 볼 수 있어

가비야운 눈송이도 쌓이면 만만찮아

입춘을 코앞에 두고 삼나무가 부러지데

청년들 프리즘에 무지갯빛 어디 가고

불러도 희망 없는 희망가만 도돌이표

삼월은 수척한 채로 어깨 너머 눈 내리데

나도 눈웃음을 친다고요

바다 끝 영토에서 겨울잠 다 물리친
우영팟* 귤꽃들은 눈짓이 한창입니다
맞아요, 가을로 쏘는 한 다발 금빛 웃음

겨우내 깃들어 산 동박새 날갯짓에
동백의 눈웃음도 이렇게 곱습니다
통째로 목을 놓아도 다시는 어둡지 않을

궤적을 짊어지고 버텨낸 오늘에야
가열하게 피느라고 눈부터 웃습니다
마지막 용틀임으로 한 발 더 내딛느라

* '텃밭'의 제주어.

52

바다 울듯 울었다

섬과 섬이 떠다니며 사랑을 잇나 보다
연락선에 떠밀려서 섬을 뜬 소섬牛島 처녀
고향을
코앞에 버린
새색시가 되었다

식솔이 늘어갈수록 끼니가 무서워져
얼떨결에 뛰어든 칠흑 같은 저 바당밭
날마다
숨비소리가
파도보다 높았다

망사리 터지도록 터져버린 물질생활
삼 남매 파묻고도 출렁이며 버텼다는
성산포
덕자삼춘이
똥군을 내려놓은 날

뻐꾸기 연설

고향 집 마루에서 시시때때 울어대던
요놈이 어디 갔나
궁금히 여겼는데
쉰 목을 부여잡고서 숲속에 잡혀있다

바랑을 줄줄이 맨 탐방로 초입에서
산불조심 피켓 들고
외쳐대는 자동센서
시작은 속 시원하게 "뻐꾹뻐꾹" 주위 집중!

앞서거니 뒤서거니 오목눈이 코스프레
해 뜨고 지는 곳도
착각하는 뉴스 화면
오늘은 어느 둥지에 알 낳을까, 울어댄다

그 선물

교무실 여닫이문 빼꼼, 열고 들어와서
우리 반 그 녀석이 불쑥 내민 비닐봉지
어줍은 눈빛 감추며 "엄마가 드리라고…"

웃드르 법호촌法護村에 둥지 틀어 산다 하니
개척단지 선전 문구 신앙처럼 받든 날들
다저녁 감사 전화에 후끈함도 없었다

예습 복습 거듭하듯 삶고 또 말리셨을
그때는 무심히 받은 고사리 한 봉지가
해마다 오월이 오면 눈 끝에 매달린다

검정 고무신

추수 끝낸 넉넉함이 아버지 얼굴 같다

가을볕 환한 초가 댓돌 위 가지런히

검불이
붙어있어도 너그럽고 정다이

코흘리개 막내아들 입방아에 오른 날은

불콰한 술 한잔에 호령도 얼어붙고

마당에
내동댕이친 채 저만큼 나앉았던

어머니 보내시고 십 년을 버티느라

이제는 어지간히 낡을 대로 낡아있는

영정 앞
신발 한 켤레 아버지를 닮았다

겨울딸기

우리 삼춘 그날 모습 산행에서 몰래 본다
눈아, 펑펑 내려 덮어 발자국을 숨겨라
총칼에
흘려놓은 피
새빨갛게 맺혔다

걸음걸음 오름 사이 넌출넌출 걷다 보니
마지막 유언인가 한라산 둘레길에
봄꿩이
토한 속울음
무자년을 울고 있다

정분나다

여름이면 모여든다
멀구슬나무 그늘 아래

사람만큼 모인 매미
소리 돋워 짝 찾느라

보랏빛
난장판 울음
한철 사랑 왁자하다

총 대신 제주 말

청운의 꿈을 안고 서울역에 내린 그날
광장을 쭈뼛대다 공중전화 부여잡고
"기차 탕 서울 완마씀"* 사촌형께 고한 말

분명코 제주 말도 우리나라 사투린데
서울 사는 사람들은 이방인 보듯 할까
학원가 고문古文 시간엔 내 발음이 최고였지

한국전쟁 격전지 무전 해독 다 들키다가
제주 방언 앞세워서 이겼다는 '도솔산전투'
그것 봐 무시하지 마, 말도 총이 된다니까

* "기차 타고 서울 왔습니다"의 제주어.

4부
귀향도 귀양인 듯

괘종시계

어머니는 가셨어도 숨결처럼 남아있다

고향 집 상방 마루 불알 달린 괘종시계

막둥이 세상에 내놓고 늦을세라 태엽 감는

한라산 어머니

나 잘 있다 넌 어떠냐, 수화기 속 목소리
힘들면 쉬어가라 등짐도 내려놓고
날마다
말을 거는 산
어머니가 부른다

지붕 따라 길이 나듯 바람도 길이 있다
떠돌아도 고향인데 구름도 이웃인데
이 한 몸
어디를 가도
봄을 품은 한라산

오고 가는 발길을 얼마나 기다렸을까
범섬 문섬 끌어당겨 계선주에 묶어놓고
오래전
내 어머니도
그 어디쯤 잠들었다

연두저고리

시골집 아랫방에 음전하게 걸린 사진
볼 때마다 움이 돋는 옅은 빛 저고리로
왔느냐, 잘 지냈느냐 막둥이를 내려본다

형들 손에 이끌려 첫 입학 하던 아침
귀에 걸린 웃음으로 마당귀를 밝히시며
뒤통수 어르던 손길, 눈 감으니 어제 같다

세상에 때가 있나 꽃 필 때가 때인 거지
다랑귀 매달리듯 늦장가에 속 태우던,
이 아침 귓속말처럼 장맛비가 추적인다

얼룩을 닦다가

김치 통을 옮기다가 날벼락을 맞았다

천장까지 튄 파편에 어안이 벙벙한데

아내는
단호한 얼굴로
유순하게 명령이다

의자 위에 올라서서 흔적을 닦다 보니

지내온 내 육십 년 구구절절 얼룩이다

이참에
되지기 밥 푸듯
고슬고슬 앉혀볼까

까꾸네

포대기 속 막내딸 까꿍까꿍 어르다가
그 인사 바람결에 까꾸까꾸 골목 타고
구룡포
한 모퉁이에
이름으로 내걸렸다

만선은 고사하고 시장기 한 모금을
목울음 삭혀가며 한 세월 풀었다지
그물을
탈탈 털어서
쩔쩔 끓인 모리국수

관탈도冠脫島

어머니 쌈짓돈을 가슴에 꼭꼭 품고

배 타고 열차 타고 벼슬 같던 서울살이

숭례문 근처 사무실 석불로 앉아있다

꽁꽁 언 몸뚱어리 뱃머리에 세우고서

갈라치는 물살 아래 석삼년을 탈탈 털고

귀향도 귀양인 듯이 먹구름 몰고 왔다

산지등대

사라봉 솔밭 끝에 까치발 하고 서서

천방지축 세상사를 낱낱이 지켜본다

밤새껏 맴맴대느라 어깻죽지 푹 내리고

언덕밭 익어가듯 들고 나는 사연들이

적멸과 점멸 사이 불빛 따라 내달린다

가엾은 여우별처럼 새벽을 부려놓고

이웃 삼춘

입춘 절기 훌쩍 지나
애벌갈이 산밭 아래

곁두리 대신으로
두어 잔 막걸리 술

봄 농사 때늦었다며
누렁소를 후려친다

힘이 장사여도
끝내 장가 못 들었던

풀어놓은 망태기엔
바람만이 들고 났다

가끔씩 나를 불러서
풀피리도 불어주던

코스모스 수저통

시장통 칼국숫집 너나들이 수저통엔
지는 법 잊었는지 사철 피는 꽃이 있다
정겹게
촌스러워서 외려 더 눈이 가는

할머니도 아저씨도 제비뽑듯 뽑아 들고
지난 세월 그지없이 암팡지게 말아 올린다
한 통 속
한통속들이 복작복작 살고 있다

다람쥐 보법

첩첩 산 능선 따라 가을걷이 한창이다
보이면 보이는 대로 뺨 속 가득 물어다가
곳간도
장부도 없이
부지런히 파묻는다

더러는 찾아내고 더러는 흘려버린,
도토리알만 같은 무심한 내 시구詩句여
창울한
졸참나무 숲
꿈꾸는 내 독방이여

왕따나무

제주섬
한가운데 버티고 선 머귀나무

바람이
불 때마다 허벼지듯 휘둘려도

오늘도
이달봉 곁을 꿋꿋하게 지켜 섰다

버티는
가슴속은 켜켜이 단단하다

마음 떠난
그 자리 흘려보낸 것들마저

오솔길
곁을 내주며 온몸으로 살고 있다

강아지꽃

참으로 공평하게 꽃은 핀다, 이곳에도
원예반에 네가 온 지 벌써 서너 달째
꽃들이 기다린다며
꽃삽을 챙겨 든다

세상에 태어난 후 엄마 젖도 못 물고서
아버지가 끓였다는 식판 위 저 미역국
여기는 한길중학교*
일 년째 버티는 너

"내 강아지" 부르시며 할매가 키웠다지
망오름 곁 북망산에 손자 대신 피었을 꽃
강아지 이제 왔다고
큰절 한번 올렸을까

* 제주소년원.

74

꼬투리 대답

교실 한켠 웅크린 채 입 다물고 앉은 녀석

무슨 말을 건넸더니
다짜고짜 "왜요?"란다

미간을 구겨 세우다 눈길 슬쩍 풀었지

한때는 나 역시도 꼬투리를 터뜨렸지

맞구나, 네 나이는
그럴 수 있는 거야

반감反感을 되돌려보니 그대로 반감半減이다

5부

느닷없는 길

외도外道

가슴 안쪽 봄바람을 겹겹이 휘감고서

시시때때 감추어도 들썩이던 늦바람을

버티다
허락해 버린
'천사의나팔꽃'
그 섬 외도外島

다크 투어리즘Dark Tourism

1. 섯알오름
이곳에 동백꽃이 고개 숙여 피는 이유
지슬밭 바람 소리 진혼곡 울음이네
발아래 쇠별꽃들아, 네 이름은 찾았니

2. 하늘나라 우체통
아이야 너는 별빛, 내 가슴에 빛나는데
차마, 볼 수 없어서 두 눈을 감는단다
제비가 물고 올 답장, 팽목항은 기다리지

3. 킬링필드
안경 쓰고 손 고우니 부르주아 출신이라
총부리에 굶주림에 패대기쳐 버려졌던,
비명悲鳴에 비명碑銘도 없다고 아예 잊진 않겠죠

음주운전단속결과통보서

여름날 던져놓은 둠벙의 통발 속에
통발*의 감각모가 장구벌레 잡아채듯
한 마리
미꾸라지로
걸려들던 그날의 일

무심코 던진 눈길 움찔 놀란 브레이크
순식간 생각 없이 빠져들고 말았다
맹세코
처음이었다,
내 평생 운전 내력

* 수생 식충식물.

비석치기

동네 복판 팽나무에 우르르 들러붙은
오줌싸개 뒤뚱대며 좌표 따라 내딛는 발
돌 하나
넘어뜨릴 때
새 떼처럼 날린 웃음

비석飛石 돌 세우듯이 줄지어 선 비석碑石인가
화려한 비문 곳곳 곁눈질로 살피다가
포악한
억지 공덕에
돌팔매를 날렸다네

연유도 알 수 없는 동네 어귀 비석들이
가로수 높이만큼 우후죽순 둘러섰다
무수히
많은 눈총이
오며 가며 치는구나

상생相生의 얼굴

길상사 불상 보면
부처님은 간데없고

동정녀 마리아님
엷은 미소 지으신다

두 손을 합장하다가
성호도 한번 긋고

바람 찬 세상 밖에
소원 빌러 여기 왔지

법정 스님 큰 뜻으로
반야심경 품다가도

십자가 혹은 묵주로,
성당 안도 기웃대고

솔도*의 내력

불씨 하나 앞세우고 유랑길 떠돌다가
골골 따라 달려온 둠벙 같은 멍텅물 가
하늘이 가장 가까운 곳
한라산에 기대 산다

초가를 허물다가 소환받은 국민학교
빛바랜 뭉치 속에 통신표 열일곱 장
눌러쓴 펜촉 글씨가
점점이 애절하다

폭낭오름 빈네오름 둘러싸인 옛이야기
봉긋한 지붕마다 이끼인 듯 피어나도
아직도 다 풀지 못한
숨결만이 다사롭다

* 제주 애월읍 화전동.

84

배롱나무꽃 사설

아홉 살 새색시가 시집가던 바로 그날 열세 살 새 신랑이 말에서 떨어져서 아, 이런 운명이라니 생과부가 되었는데요,

남편 따라 죽자 하던 그 마음을 내려놓고 묘소를 지키며 산 한평생 효부의 길 신평리 '열녀오씨지문' 또 한 세상 여는데요,

가슴속 멍울 같은 오름과 오름 사이 돌처럼 살았기에 돌을 깎아 세운 집에 여든 해, 배롱나무꽃 이어 달려 피네요

손가락표

시청 어디로 가요?
흠칫 놀라 쳐다보니

음성인지 양성인지
마스크로 가린 기침

얼떨결 겨를도 없이
검지를 세웠겠다?

역병이 도는 세상
눈짓으로 대신하고

공원이든 관공서든
☞ 표시 따르란다

조금씩 건조해지는
우리 시대 나침반

구좌햇당근

갓 터진 봄바람에
옹골찬 세화오일장

가슴팍에 이름 달고
허덕허덕 돌아 나와

새색시, 대년을 하듯
말긋말긋 올려다본다

콩나물 일지

좁은 시루 안에 촘촘히 갇혔어도

말귀가 트이는지
옹알옹알 시끄럽다

시시로 콩콩거리며 발돋움 한창이다

마을 어귀 천수답에 곡식이 영글듯이

기꺼이 물 한 모금
옹골차게 받아먹고

궁금한 창문 밖 세상에 고개 들다 살짝 갸웃,

백조일손百祖一孫

송악산 칠흑 어둠 엎드려 숨죽이다

새벽녘 총부리에 새파래진 섯알오름

서로가 몸을 기댄 채 파도는 울고 있다

봄부터 가을까지

한 모금 이슬비에 힘껏, 우리 뜻을 모아 토란잎 위
은방울로 벅차게 만났는데 지난봄 꽃샘바람에 스러
지고 말았다

우영팟 쟁기질 때 소발통에 똥이 묻듯 세상살이 드
난살이 나도 모를 사연들이 한여름 발자국 따라 더
께처럼 쌓였다

미뤄뒀던 말과 발을 맑은 물에 불려본다 참았던 가
슴앓이 여과지에 걸러내니 영그는 가을볕 아래 뒤꿈
치가 가볍다

왜 지렁이는
아스팔트길을 건너려고 했을까

여름날 소나기에 한숨 돌린 이면도로

발길 사이 꿈틀대며 지렁이가 기어간다

세상 밖
느닷없는 길
멋모르고 건너간다

볼펜 세 묶음에 신춘의 꿈을 걸고

구름 위에 앉은 듯이 나는 둥둥 떠다녔다

올라도
하늘은 멀리
달아나는 줄 모르고

원체험에서 우러난 시조,
그 진정성의 페르소나

이경철 문학평론가

"그때 너는 별이었다, 봄 졸음에 떨어진 별// 〈5.16도로〉
버스 창가 가만히 어깨에 닿던// 지금도/ 수평선 너머/
한 번씩 떠오르는"(「개밥바라기」 전문)

우리 민족의 보편적 심성과 서정

양상보 시인의 첫 시집 『나도 눈웃음을 친다고요』는 우
리 민족의 전통 정형시인 시조가 왜 오늘도 활발히 쓰이
고 많은 독자에게 읽히고 있는지 단박에 알아차릴 수 있

게 한다. 일상의 활달함이라든가 지친 삶을 친숙하게, 깊이 있게, 서정적으로, 단정하게 잘 드러낼 수 있는 장르가 시조라는 것을 여실히 보여주고 있기 때문이다. 나아가 시조를 따라 쓰고 싶은 마음까지 불러일으킨다.

시편마다 우리네 일상이 그대로 드러날 뿐 아니라 그런 표피적 일상 속에 삶의 속정이 고스란히 묻어난다. 주로 시인이 나서 자라고 살고 있는 제주의 풍물과 토속을 다룬 향토적인 속정이 향토의 틀을 넘어 보편적으로 읽힌다. 크게 보아 휴머니즘으로 수렴될 인간의 속정이 제주의 풍물에 얹혀 먼 나라 먼먼 시절의 신화적, 전설적 시대를 오늘에 살려내고 있는 시편들이 즐거움을 가져다준다.

맨 위에 인용해 놓은 「개밥바라기」는 이번 시집의 그런 특성을 잘 드러내고 있다. '개밥바라기'는 종일 쏘다니다 개도 배고파 밥을 기다리는 애저녁에 서쪽 하늘에 뜨는 별을 가리키는, 말 자체에 속정이 묻어나는 우리말이다. 그런 별로 상징되는 학창 시절의 추억을 소재로, '5.16 도로' 위를 달리던 버스 안의 풍경을 넌지시 끌어온다. 서귀포에서 한라산을 가로질러 제주시로 가는 5.16도로 버스 창으로 뜨던 옛날의 그 별은 오늘도 제주시 북쪽 끝 수평선 위로 떠오르는데 지금은 '수평선' 건너에 있는 그리움이 되어버렸다. 그 옛 시절의 얼굴은 가고 없다. 아니, 그 시절의 봄 꿈도 너도 가고 없다는 애틋한 회한의 서정이 아련하게 피어난다. 제주의 풍물을 바탕에 깔고 저녁 무렵이면 싸하게 밀려오는 귀소본능 같은 걸 감각적으로 떠오르게 하는 군더더기 없이 빼어난 서정시로 꼽는다.

총 다섯 행인 위 시는 단시조다. 초장과 중장은 각각 한 행 한 연으로 잡고 종장은 시상의 급격한 변화와 종결을 위해 세 행 한 연으로 잡았다. 시조의 3장 6구 45자 내외의 정형定型과 기승전결起承轉結이라는 구성미학을 잘 따르고 있는 시다. 이렇게 시조의 정형이란 틀에 충실히 따르는 것이 우리네 삶과 서정을 익숙하고 깊게, 더 쉽게 담아낼 수 있다는 것을 이번 시집은 잘 보여주고 있다.

산방산 서녘 자락 비둘기가 산다길래

간밤, 어둠을 털고 유영하듯 다가가니

한 세월

더께만 같은

곡소리 구슬프다

94

바닥에서 펑펑 솟는 물줄기 우는 소리

목울대 풀어놓고 한참을 구구~댄다

눈물로

씻은 봄 햇살

찰랑이며 오는 아침

　－「구명수鳩鳴水」전문

　멧비둘기 울음소리를 소재로 쓴 연시조다. 진달래, 벚꽃 만발한 봄이 되면 이 산 저 산 멧비둘기 울음소리도 지천으로 가득하다. 무엇이 그렇게 구슬픈지 가슴속 깊은 곳에서부터 올라오는 한을 목울대 풀어놓고 울어쌓는다. 그런 피 울음으로 진달래꽃은 더욱 붉어지는 것이다.

　그런 비둘기 울음소리를 위 시는 "한 세월/ 더께만 같은/ 곡소리"라고, 세월에 덕지덕지 묻어나는 한을 부피감 있게 드러내고 있다. 그런 울음, 눈물로 맑게 씻어 봄은 더 환하고 찬란하게 온다는 봄의 서정을 깊이 있으면서도 역동적으로 펼치고 있다.

　제목의 '구명'을 한자로 병기해 놓아 비둘기 울음은 알겠는데 '구명수'는 뭘까 찾아봤더니 서귀포 산방산에 있는 탄산 온천 이름이다. 지층 깊숙이에서 힘차게 분출하

는 온천수 소리가 마치 비둘기 울음소리 같아 그리 부른
다는 것이다.

그런 제주도 풍물을 알고 나니 "유영하듯", "펑펑 솟는",
"찰랑이며"라는 구절이 더 적확하게 읽힌다. 서귀포 산방
산 탄산 온천 구명수라는 풍물을 소재 삼아 한 많고 그렇
기에 새로운 신명도 나는 민족 정서 원천을 파고든 시다.

　　　한라산 병참도로 착암기 구멍 틈에
　　　찰나와 영겁 사이 이름을 올려놓고
　　　여름볕 뻗장대듯이 꽃이라 버텼겠지

　　　모지리 무지랭이 유산을 지켜내듯
　　　코흘리개 어린 시절 오롯이 간직한 채
　　　꼿꼿한 너의 자세를 엎드려 읽어냈지

　　　꽃인 듯 꽃 아닌 듯 그렇게 다가와도
　　　꽃이라 오직 믿고 마음을 푼 게지
　　　흘기는 바람결마다 화음으로 화답했지

　　　이승을 짚어가며 바랑 지고 걷는 오름

섬 가운데 고립되어 고비마다 뒤뚱대다

달그락 쳇소리 내며 야멸차게 살아냈지

    −「석장錫杖이 피어」전문

 '석장'은 중들이 짚고 다니는 지팡이다. 옛날 어떤 고승이 짚고 가다 어느 곳에 꽂았는데 그게 나무가 되고 꽃이 폈다는 등의 전설이 우리 산하에는 곳곳에 널려있다. 어릴 적 우리는 그런 신화와 전설을 믿고 살았었고 지금도 순한 백성들은 철석같이 믿고 있다. "모지리 무지랭이"도 다 품어 안을 자세로 말이다.

 양 시인의 시편들은 그런 우리 민족의 보편적 심성에서 흘러나오고 있다. 그런 심성과 전설과 신화를 오늘의 현실적 삶 속에서 엎드려 읽어내며 쉽고도 다정하게 전하고 있다. 그러면서 무거운 짐 지고 가는 이승의 삶, 그 한없는 무게와 깊이도 더불어 전하는 것이다. 위 시 마지막 수에서 오늘 우리네 현실적 삶을 석장에 기대 드러내고 있는 품새를 보시라. 깊고도 활달하지 않은가. 다시 살맛 나게 하고 있지 않은가.

속 깊은 토박이가 들려주는 제주도의 삶과 풍물

아무렴, 제주섬엔 바다에도 신이 있지
오름과 오름 사이 사연 따라 맨 끝자락
꺼병이 울음소리를 놓쳐버린 한 사내

넘놀듯 숨비소리 망태기 매달고서
떼떼이 떠다니며 그렇게 살아왔지
여태껏, 뭉크러진 채 주저앉은 모습으로,

한라산 구구계곡 돌아 나온 영등바람
파랑 속 등성이가 산이라 우기는 날
김녕리 소소리바람 파도치듯 달려온다
　　－「두럭산」 전문

　　제목 '두럭산'은 시 본문 끝에 실린 각주에 따르면 "제주 김녕리 앞바다에 있는 암초"다. 평소엔 바닷속에 잠겨 있다가 드세게 바람 불고 파랑이 심하게 일면 암초 등성이가 산처럼 드러나 산 이름이 붙었다. 제주도를 창조한 설문대할망이 그 섬에 빨래를 널었다는 신화가 전해지며 제주 5대 명산으로 꼽히는 산이기도 하다.

그래서 첫 수 초장부터 "아무렴, 제주섬엔 바다에도 산이 있지"라고 했을 것이다. 영등할망이 만든 폭풍이 한라산 골골을 돌아 나와 소소리·회오리바람이 되어 파랑을 일으키면 드러나는 섬을 제주 신화와 풍물에 빗대어 오늘 우리네 고된 삶을 환기해 내고 있다.

특히 거센 파랑이 이는 바다에서 잠깐씩 드러나는 두럭산 형상을 보고 깊은 바닷속에서 숨차게 일하다 바다 위로 올라와 쉬는 숨소리를 떠올려 "넘놀듯 숨비소리 망태기 매달고서"라고 표현한 대목이 참 압권이다. 우리네 변할 수 없는 실존적 삶의 양상이 절묘한 서정으로 드러나고 있지 않은가.

한라산 합곡혈合谷穴에 침을 꽂듯 파 내려가
움트는 어린것들 곧추듯 달래어서
굼깊은 빌레왓에서 버텨낸 식솔의 입

겉도 속도 때깔도 없이 오로지 맨밥 같은
무쇠솥 팔팔 끓듯 검부잿빛 둥둥 뜰 때
우리들 배를 채우던 그 시절 할머니 떡

이름자만 앞세웠네, 서귀포 올레시장

좌판마다 가짜들이 주인행세 한창이다

말재기 떡고물 덩이 마뜩잖아 눈 돌린다

　―「오메기를 아십니까」전문

　제주도 특산품으로 이제 우리에게 널리 알려진 오메기 떡을 만드는 차좁쌀인 오메기를 소재로 한 연시조다. 첫 수에서는 한라산 깊은 계곡 자갈밭에서 초근목피草根木皮 로 연명하던 궁핍했던 시절을 떠올린다. 둘째 수에서는 그런 시절 할머니가 해주던 오메기떡을 실감 나게 그리 고 있다. 그러다 마지막 수에서는 그런 오메기떡이 전국 적으로 명성을 얻고 불티나게 팔려나가자 진짜를 몰아내 고 판치는 가짜들의 현실을 고발하고 있다. 제주에서 나 고 자라 풍물과 토속과 인정에 절절히 전 토박이 아니면 감히 쓸 수 없는 시다. 시에 진정성이 진하게 묻어나기에 자본 제일주의의 이 첨단 시대, 가짜들이 판치는 현실을 은근히 비판한 시로 읽어낼 수 있다.

　　천년의 호수에서 대를 이어 살아왔다

허벅도 항아리도 신라 적 꿈마저도

파사삭
깨어져 버린
그래도 지금 여기

칠흑 같은 어둠이라 두 눈이 필요 없다

동굴에 갇힌 채로 난바다 헤엄치듯

쓰라린
생의 마디를
무수히도 넘어왔지

목숨 건 일이라도 다 이룰 순 없는 거지

아무리 몸부림쳐도 마냥, 그 자리인걸

눈 떠도

볼 수 없던 널

눈 감으니 환하다

－「미끈망둥어」전문

　제주도 용천동굴 안에 펼쳐진 커다란 호수 이름이 '천
년의 호수'다. 그 동굴 호수에 수천 년 갇혀 살며 눈이 퇴
화된 희귀종 망둥어인 그 미끈망둥어가 직접 화자話者로
나서고 있다.

　그런 미끈망둥어는 "칠흑 같은 어둠이라 두 눈이 필요
없다"고 감히 말하고 있다. 천년의 호수에서 천년 신라의
화려했던 꿈도 없고 생계의 수단인 허벅도 항아리도 모
두 다 깨져버린 절체절명의 상황, 그런 실존의 한계상황,
"쓰라린/ 생의 마디를/ 무수히도 넘어왔"다는 미끈망둥
어는 다름 아닌 시인의 자화상(페르소나)이며 우리들의
모습이 아닐까.

　아무런 대책 없이 개펄에 내던져져 "아무리 몸부림쳐
도 마냥, 그 자리인" 우리네 실존 현실 또한 그렇지 아니
한가. 시인과 미끈망둥어가 체험과 삶의 양상으로 일치
가 되어 그런 한계상황을 진정성 있게 보여주며 또 삶의
끝 간 데 없는 깊이까지로 나아가고 있다. "눈 떠도/ 볼 수

없던 널/ 눈 감으니 환"히 보이는 게 우리네 삶의 궁극에
서 오는 이치 아니겠는가.

그 동네 오거리길 더운 피가 돌고 있네
사선을 건너느라 억척이 된 마음들이
남산 밑 비탈길 따라 다닥다닥 모여든 곳

고향을 떠났으니 해방을 맞은 거야
청운의 뜻을 품은 단칸방 서울살이
삼십 촉 알전구 줄이 갈之자로 흔들렸네

불현듯 다시 찾은 오래된 동네 골목
어머니 그날 눈빛 붙박이로 남아있네
"막냉아! 느 살 고망은 잇저"목소리도 쟁쟁하고
　　－「스무 살 해방촌」 전문

시 본문에 나와있는 대로 서울 남산 턱밑에 있는 해방
촌이 소재다. 6.25 때 월남한 북한 주민들이 정착해 형성
된 마을이라 '해방촌'이라 불린다. 그런 해방촌 산동네로
시인도 공부를 위해 제주도에서 서울로 와서 잠시 살았

는가 보다.

북한 고향을 떠나 남한으로 사선을 넘어온 월남민들이
니 '해방'이었을 것이다. 고향 제주도에서 청운의 꿈을 품
고 온 스무 살 적 시인에게도 똑같은 해방이었을 것이다.
세 수로 된 이 시조에서 강하게 인상을 끄는 대목은 마지
막 수 종장 전반부 "막냉아! 느 살 고망은 잇저"다. 순 제
주도 말로 "막내야! 너 살아갈 곳은 있다"란 각주에서 어
머니의 늠늠함이 엿보인다. 제주도에 살든, 남북의 뭍에
살든 객지로 살러 떠나는 자식에게 해줄 수 있는 끈끈한
속정에서 나온 말이다. 이렇듯 이번 시집이 주로 제주도
의 풍물과 삶을 향토적 토속어로 다루면서도 제주도를
넘어서는 것은 민족의 핏줄을 타고 흐르는 보편적 심성
을 시인이 내재하고 있기 때문이다.

서정의 깊이와 해학을 버무린 생활시조

시장통 칼국숫집 너나들이 수저통엔
지는 법 잊었는지 사철 피는 꽃이 있다
정겹게

촌스러워서 외려 더 눈이 가는

할머니도 아저씨도 제비뽑듯 뽑아 들고
지난 세월 그지없이 암팡지게 말아 올린다
한 통 속
한통속들이 복작복작 살고 있다
  –「코스모스 수저통」전문

  제목도 예쁘고 본문도 참 예쁘다. 코스모스가 그려진 촌스러운 수저통과 시장통 칼국숫집에 모여 칼국수를 먹는 사람들을 그린 시인데도 참 순수하고 재밌게 읽히는 시다. 수저통 속 수저들과 칼국수를 먹는 장삼이사의 사람들을 한통속으로 바라보는 시인의 시선이 그지없이 천진하다.

  "지는 법 잊었는지 사철 피는 꽃이 있다"는 서정과 "할머니도 아저씨도 제비뽑듯 뽑아 들고"의 해학이 들어있다. "정겹게/ 촌스러워서 외려 더 눈이 가는"이라는, 서민의 생활을 바라보는 시인의 정겨운 시선이 더해져 "한통속들이 복작복작 살고 있"는 아주 좋은 민중 서정시로 꽃 피워 냈다. 그런 삶 속의 서정과 해학과 정이 한 많은 "지난 세월 그지없이 암팡지게 말아 올"리고 있는 것이다.
「코스모스 수저통」이야말로 이 시집에서 따스하고 정감
있게 꼽히는 가편이라고 할 수 있겠다.

화급히 가시길래 멀리 간 줄 알았는데
기껏 오름 자락 봉분으로 나앉았다
이승 뜬 내 아버지도 연애하듯 여길 올까

술이며 과일조차 가져오질 못하고
서울 아들놈도 데려오질 못했지만
한가위 명절날에야 까마귀처럼 찾는 무덤

어머니 나를 낳고 쑥부쟁이도 낳으셨나
서울로 제주시로 우린 다 흩어져도
해마다 꽃으로 오신다, 연보랏빛 그 얼굴로
　－「이승이오름」전문

제목부터 시선을 확 끌며 재미와 함께 둔중한 울림을
주는 시다. '이승이오름'은 제주도 서귀포에 있는 오름이
다. 실제 있는 지명이든 뭐든 나는 이 세상 '이승의 오름'

으로 읽고 싶고 또 그래서 이름도 나오고 이 시도 나온 것
으로 읽고 싶다. 이승을 오르고 오르면 그 정상, 끝은 저
승 아닐 것인가.

이 시 제목과 본문에 그렇게 삶과 죽음을 분명히 선 긋
지 않고 한통속으로 보는 우리네 생사관이 깔려있다. 그
래 어머니 무덤에 나중 죽은 "아버지도 연애하듯 여길 올
까"라 하고 있지 않은가. 또 죽은 어머니도 쑥부쟁이 연보
랏빛 꽃 얼굴로 온다며 생사관을 넘어섬은 물론 우주 만
물을 한통속으로 보고 있지 않은가. 한가위 명절날 오늘
첨단 문명사회 생활의 한 단면을 보여주면서도 심성은
우리네 전통적 풍속과 높은 이상에 뿌리박고 있다. 그리
고 많은 시편들이 깊이 뿌리내린 삶의 원체험에서 우러
나온 진정성으로 독자와의 소통이 잘되는 것이 이번 시
집의 특장이다.

교무실 여닫이문 빼꼼, 열고 들어와서
우리 반 그 녀석이 불쑥 내민 비닐봉지
어줍은 눈빛 감추며 "엄마가 드리라고…"

웃드르 법호촌法護村에 둥지 틀어 산다 하니

개척단지 선전 문구 신앙처럼 받든 날들
다저녁 감사 전화에 후끈함도 없었다

예습 복습 거듭하듯 삶고 또 말리셨을
그때는 무심히 받은 고사리 한 봉지가
해마다 오월이 오면 눈 끝에 매달린다
　－「그 선물」전문

　30여 년 교사 생활을 한 시인의 체험에서 나온, 5월 스승의 날 학교 풍경이 정겹게 떠오른다. 아무런 수식 없이 그날의 인상적인 장면만 사실적으로 묘사하고 있는, 일상에서 나온 생활시인데도 눈물이 날 정도로 눈이 시리다.

　우리네 일상에 배어있는 사람살이의 정 때문일 것이다. 가난한 개척단지의 삶에서도 "예습 복습 거듭하듯 삶고 또 말리셨을" 고사리를 보낸 학부모의 정, 그런 정을 이실직고하는 시인의 마음이 통하며 눈시울을 떨리게 한다. 이제 노년으로 접어드는 세대의 가난했던 시절, 누구에게나 떠오를 세상살이의 정겨운 장면을 자연스러우면서도 인상적으로 압축하기에도 맞춤한 장르가 시조임을 잘 보여주었다.

얼굴 한번 본 적 없는 영정에 절을 한 뒤
상주 술에 벗 사귀며 삼삼오오 둘러앉아
고인이 좋아했다는 꽃패를 깔아본다

달무리 깊은 밤에 오고 가는 한 잔 술에
상가의 섰다판은 장땡이 최고 끗발
내 인생 단풍잎 두 장, 그런 날이 한번 올까
　－「꽃패 문상」 전문

　얼마 전까지만 해도 상가喪家에서 흔히 볼 수 있었던 화
투판을 소재로 한 시다. 문상 가서 한 번도 본 적 없는 고
인 영정에 절 올리고 잘 아는 상주와 친지들과 함께 술로
어울리다 이내 화투판을 벌이며 밤새워 주는 것이 상갓
집 미덕인 풍속이 있었다. 그런 상가 모습을 아주 정겹게
그려냈다. 둘째 수의 종장 "내 인생 단풍잎 두 장, 그런 날
이 한번 올까"라는 표현이 공감의 폭을 넓혀준다.
　술이 나오고 화투판이 나오며 우리 서민들의 이야기를
서정적으로 잘 풀어놓은 신경림 시인의 잘 알려진 시 「파
장罷場」을 떠오르게도 한다. "못난 놈들은 서로 얼굴만 봐

도 흥겹다/ (중략) / 학교 마당에들 모여 소주에 오징어를 찢다/ 어느새 긴 여름 해도 저물어/ 고무신 한 켤레 또는 조기 한 마리 들고/ 달이 환한 마찻길을 절뚝이는 파장"이라는.

친숙하고 맛깔나는 우리 언어와 서정적 가락에 바탕을 둔 민족 정서와 현실을 담은 시로 우리 시사詩史에 서정적 민중시 세계를 열어젖힌 대표적인 시가 「파장」 아닌가. 양 시인의 이번 시집에 실린 시편들 중에도 우리 언어와 가락에 서민의 현실 정서를 시조라는 틀에 오롯이 담아 공감대를 넓히고 있어 서정적 민중시조로 읽어도 좋을 가편들이 많다.

삼라만상으로 확장돼 가는 역동적 서정

산길을 걷다 보면 가끔씩 볼 수 있어

가비야운 눈송이도 쌓이면 만만찮아

입춘을 코앞에 두고 삼나무가 부러지데

청년들 프리즘에 무지갯빛 어디 가고

불러도 희망 없는 희망가만 도돌이표

삼월은 수척한 채로 어깨 너머 눈 내리데
　－「설해목雪害木이 걸어온다」 전문

　제목부터 긴장감을 불러일으키는 시다. 눈 무게를 못
이겨 가지가 부러지거나 쓰러져 뿌리가 드러난 설해목이
걸어오다니. 살아 움직이는 듯한 긴장감을 주고 있다. 그
리고 두 수로 된 연시조 각 장을 한 행 한 연으로 잡은 넓
은 여백이 서사적 진행보다는 서정적 긴장감을 주며 많
은 걸 생각하게 한다.
　첫 수에서는 시인의 전 체험을 동원해 설해목을 보고
있다. 하늘하늘 가볍게 내리는 눈이 쌓여 부러지는 나무
를 보며 인생 또한 그런 위험이 많음을 보고 있는 것이다.
봄으로 들어서는 입춘, 골인 지점을 코앞에 두고 그만 쓰
러진 일들도 많이 겪고 보아왔을 테니.
　그런 설해목 같은 세상사며 인생사가 둘째 수에 와서

는 요즘의 청년 문제를 환기한다. 직장이며 결혼이며 자녀며 심지어 목숨까지 무수히 포기해야만 하는 소위 'N포세대'를 떠오르게 하는 것이다. 무지갯빛도 서지 않는 프리즘이나 "불러도 희망 없는 희망가만 도돌이표"에 이르면 이 시대가 아뜩하다.

그리고 종장의 "삼월은 수척한 채로 어깨 너머 눈 내리데"란 서정적 절구가 출중하다. 봄이 오는 길목에 내리는 눈의 우주적 정서와 오늘 우리 삶의 정서가 역동적인 서정으로 결합되고 있지 않은가. 그래서 제목에도 '걸어온다'라는 동사를 썼을 것이다. 시인의 전 체험, 깊이 각인된 원체험만이 이런 역동적인 서정을 진솔하게 끌어낼 수 있을 것이다.

가슴 안쪽 봄바람을 겹겹이 휘감고서

시시때때 감추어도 들썩이던 늦바람을

버티다
허락해 버린
'천사의나팔꽃'

그 섬 외도外島

　－「외도外道」 전문

　시 문맥상으로 봐서는 '외도外島'라는 섬에서 '천사의 나팔꽃'을 보고 남녀 간의 불륜 '외도外道'를 떠올린 듯하다. 동음이의어에서 나온 발칙한 상상이지만 시가 참 진솔하다. 인상적인 짧은 단시조로 성공한 작품이다.

　나 역시도 꽃잎이 점점 벌어지면서 나팔꽃보다 훨씬 더 크게 무한대로 늘어날 듯 피어나는 천사의나팔꽃을 처음 보고 발정 난 뭣을 떠올린 적이 있다. 그런 상상력은 비슷하지만 위 시는 참 점잖다. 나이에 상관없이 봄바람 불고 꽃 피면 누구든 휘말려 들 수밖에 없는 연정戀情, 그 바람기를 확 펼쳐 보이면서도 잘 단속하고 있다는 생각이 든다.

　사라봉 솔밭 끝에 까치발 하고 서서

　천방지축 세상사를 낱낱이 지켜본다

　밤새껏 맴맴대느라 어깻죽지 푹 내리고

언덕밥 익어가듯 들고 나는 사연들이

적멸과 점멸 사이 불빛 따라 내달린다

가엾은 여우별처럼 새벽을 부려놓고
　－「산지등대」전문

　제주 해안 오름 사라봉 꼭대기에서 제주항 뱃길의 안
녕을 지키는 산지등대를 소재로 한 시다. 등대라는 무생
물을 "까치발 하고 서서", "어깻죽지 푹 내리고", "새벽을
부려놓고" 등의 표현으로 활물화하고 있다. 그런 등대에
인간의 정, 관음보살 같은 대자대비한 사랑을 불어넣은
빼어난 서정시다. 시인과 등대라는 대상이 속 깊이 교감
할 때라야 진정성 있는 감동이 우러날 수 있다. 삼라만상
과 나는 한 몸이라는 교감만이 이런 역동적 서정을 불러
일으킬 수 있는 것이다.
　위 시는 산지등대를 있는 그대로, 보이는 대로 가감 없
이 묘사하고 있다. 그러면서도 등대와 시인과의 속 깊은
교감이 등대를 활물화해 놓고 우주적 서정을 펼치게 한

다. "적멸과 점멸 사이 불빛"이란 언어유희에 얹힌 서정적인 표현에는 순간과 영원을 잇게 하는 힘이 솟고 있다.

그리고 둘째 수 종장에서는 새벽이 돼 세상이 밝아오면 적멸과 점멸을 잇는 불빛을 꺼야 하는 등대를 "가엾은 여우별처럼 새벽을 부려놓고"라며 적확한 은유로 마무리한다. 눈 오고 비 오고 바람 불어 흐릿한 하늘에 잠깐잠깐 나타났다 새벽이 되면 사라져야 하는 여우별이며 뭇 생령들에 무한한 사랑과 위무를 주고 있다.

바다 끝 영토에서 겨울잠 다 물리친
우영팟 귤꽃들은 눈짓이 한창입니다
맞아요, 가을로 쏘는 한 다발 금빛 웃음

겨우내 깃들어 산 동박새 날갯짓에
동백의 눈웃음도 이렇게 곱습니다
통째로 목을 놓아도 다시는 어둡지 않을

궤적을 짊어지고 버텨낸 오늘에야
가열하게 피느라고 눈부터 웃습니다
마지막 용틀임으로 한 발 더 내딛느라

－「나도 눈웃음을 친다고요」 전문

이번 시집의 표제작인 만큼, 눈여겨본 작품이다. 첫 수에서 막 피어오르는 귤꽃에 시인은 감동적으로 눈을 맞춘다. "바다 끝 영토에서" 긴 겨울 버텨내고 이제 막 피어나는 귤꽃은 가을 열매를 향한 몸부림이다. 꽃이기에 우리는 눈웃음으로 보는 것뿐이다. 어디 귤꽃뿐인가. 둘째 수로 넘어가면 등잔불의 원료를 위해 날갯짓하는 동박새, 그로 인해 동백꽃도 붉은 목을 내놓으며 마지막까지 내일을 향한 도약으로 저리 고운 눈웃음을 보여준다.

아마 시인도 눈부터 웃는 인상인가 보다. 그가 첫 수 종장에 "맞아요"라고 한 것은 꽃들이 그러하듯이 자신의 눈웃음도 "궤적을 짊어지고 버텨낸 오늘"의 시적 체험을 통해 "가열하게" 살아내느라, "마지막 용틀임으로 한 발 더 내딛"는 각오의 몸짓임을 인정한 것으로, 이는 은연중 셋째 수에 내포되어 있다고 본다.

제목은 '나도 눈웃음을 친다고요?'라는 물음으로도 볼 수 있고 '나도 눈웃음을 친다고요!'라는 스스로의 긍정으로도 볼 수 있다. 밋밋하게 살았던 자신의 삶에 시조라는 문학의 등불을 지피기 위하여 하루하루 뜨겁게, 눈웃음을 치고 산다는 것을 유쾌하게 보여주었다. 또한 연시조 세 수를 배치함에 있어 중장에는 종결어미를 앉히고 종장의 마지막 음보는 미완으로 둠으로써 독자로 하여금 마음껏 상상할 수 있도록 가능성을 열어두었다.

이 표제작이야말로 삼라만상과 역동적으로 교감하는 천성적 시인의 모습이 잘 드러난 수작이라고 볼 수 있다.

항심恒心, 공감의 힘으로 일어서다

이처럼 이번 시집 『나도 눈웃음을 친다고요』에는 제주의 풍물을 다룬 시편들이 많은데, 주마간산走馬看山식 풍경이나 보여주고 알려주려는 게 아니라 속 깊은 정으로 풍물과의 교감에서 우러난 시라 참 서정적이다. 그런 서정은 우리네 자질구레한 삶에서 나온 인간적인 정을 넘어서 우주적으로 확산되고 있다. 그런 시의 발상과 확산, 그리고 마무리를 시조의 정형에 따라 편안하고 단아하게 단속하고 있는 것이 양 시인의 특장이다.

시조와 자유시를 함께 읽고 평하는 내가 보기에 요즘 젊은 시편들은 너무 길다. 어려워 무슨 시인지 도통 모르

겠다. 그러니 시인들은 물론 독자들과도 멀어질 수밖에 없다. 쓰는 대상과 언어, 그리고 읽는 독자와의 교감과 소통은 차단한 채 오로지 자신의 시 쓰는 행위에만 몰두하기에 '마스터베이션'이란 비판을 불러올 수밖에 없다.

이런 비판을 받는 일부 젊은 자유시에 비할 때 양상보 시인은 자신은 물론 우리네 일반적 체험, 원체험에 바탕해 진솔하게 시를 쓰고 있다. 그러면서도 현실적 삶과 자연 삼라만상을 우주적 섭리로써 한통속으로 버무리는 서정성이 빼어나다. 무엇보다 짧고 쉽고 막힘없는 운율이 있기에 시 본연의 리듬감과 공감의 힘이 있다.

우리 민족 전통의 정형시인 시조를 통하여 시 본연의 덕목을 유감없이 발휘한 시인에게 박수를 보낸다. 이번 첫 시집이 우리 민족성의 항심이요 고향인 시조 세계의 큰길을 굳건히 열어가리라 믿는다.

나도 눈웃음을 친다고요

—

초판 1쇄 2023년 6월 30일
지은이 양상보
펴낸이 김영재
펴낸곳 책만드는집

—

주소 서울 마포구 양화로 3길 99, 4층 (04022)
전화 3142-1585·6
팩스 336-8908
전자우편 chaekjip@naver.com
출판등록 1994년 1월 13일 제10-927호
ⓒ 양상보, 2023

—

* 이 책은 제주특별자치도와 제주문화예술재단의 2023년도 제주문화예술지원사업
  후원을 받아 발간되었습니다.

—

ISBN 978-89-7944-838-2 (04810)
ISBN 978-89-7944-354-7 (세트)